Die fantastische Welt der Gefühle - Texte aus der Tiefe meiner Seele

Monika Schüler

Die fantastische Welt der Gefühle

Texte aus der Tiefe meiner Seele

Monika Schüler

Bibliografische Information der Deutschen Nationalbibliothek
Die Deutsche Nationalbibliothek verzeichnet diese Publikation in
der Deutschen Nationalbibliografie; detaillierte bibliografische Daten
sind im Internet über http://dnb.d-nb.de abrufbar.

© 2011 Monika Schüler
Satz, Umschlaggestaltung, Herstellung und Verlag:
Books on Demand GmbH, Norderstedt
ISBN 978-3-8448-6994-1

Danksagung

"Ach, welch wunderbare Welt der lyrisch schönen Worte ..."

Hiermit danke ich allen Menschen, die mich bei diesem Buchprojekt unterstützt haben.

Ganz besonders danke ich Herrn Gustav Herzog dafür, dass er mir durch seinen persönlichen Einsatz geholfen hat, dieses Buchprojekt zu verwirklichen.

Außerdem danke ich der Sparkasse Donnersberg für Ihre großzügige Unterstützung durch das Sponsern dieses Buches.

Engelsduft

Magisch –
Silbern – glitzernd
Fliegt er durch die Luft …

Erklingt mit Flöten,
Harfen, zarten Tönen,
Weich – und himmlisch
Leicht getragen
Durch die Luft …

Für alle Menschen
Riecht es
Gleich – betörend.

Verzaubernd gleitet er
Berauschend durch die Luft.

Selbst das Elend
Und die Armut
Halten ihren Atem an,
Versinken
Im Rauschen
Dieses Phänomens …

Engelsduft
Liegt webend
In der Luft …

Wenn Engel
Ihre weiten Flügel
Breiten aus –

Aus dem Himmelszelt
Sich liebevoll –
Zur Erde
Tief herab begeben ...

Lässt selbst
Die Kindertränen
Süß versiegen ...

Mit Göttlich –
Großer Liebe –
Sind sie – für uns Menschen
Die Behüter in der Welt.

Engelsduft ...

Gedankenperlen

„Viel zu viel Zeit verwendet man für die traurigen Dinge, die
genau so viel Zeit benötigen wie die glücklichen ...
Viel zu viel Zeit schenkt man den negativen Dingen,
verzehrt sich in Sekunden, Minuten und Stunden.
Tage und Nächte vergehen im Schmerz ...
Könnten genutzt werden mit positiven Dingen.
Viel zu viel an Zeit beachtet man die negativen Gedanken,
anstatt sich den positiven zu zu wenden."

„Die Liebe ist so leicht wie das Schweben in den Wolken,
sie ist - oder sie ist nicht.
Sie braucht keine Diskussionen, sie lebt von wahren Gefühlen.
Ihr Inhalt ist groß und eines.
Nicht beseelt von selbst gemachten Gedanken, -
Und Worten, die nicht zu ihr gehören."

„Kinder sind die Engel dieser Erde,
selbst im Leid …
in bedingungsloser Liebe."

„Die LIEBE beinhaltet viele Dinge,
eines davon ist auch die Verlässlichkeit.
Die Liebe ist ein Hellseher,
sie sieht, was der andere benötigt,
sie ist der Spiegel des anderen.
Liebe verhält sich weise …
denn sie weiß: was einen selber verletzt, das verletzt auch den
anderen."

Von der Liebe ...

Gefäß

Des Lebens –
Mit Liebe gefüllt …

Mal Honigsüß –
Mal freudig –
Mal mit Leid –
Und Traurigkeit …

Mit endlos
Vielen Varianten

Gedankenschnüre –
Tropfen –
Ins Gefäß – Der Welt …

Gefäße – Gefüllt –
Mit Gefühlen
Mal heiter – Mal trübe …

Mal durchlässig –
Mal Undurchlässig –
So Tropft es –
Wie mit Sand befüllt
Und –
Korn für Korn
In das Gefäß –
Des Lebens …

Der Erinnerungen – Der Tränen –
Der Träume – Der Freude –
Der Erfahrungen –
Des Lernens –
Der Schule des Lebens ...
Gefäß – Der Liebe

Lichtkämpfer

Kämpfe ...
Nicht
Mit Schwertern,
sondern mit Intelligenz ...

Kämpfe ...
Mit dem Herzen,
Der Liebe –
Ein Feuerball
Geballter Gefühle,
Mit großer Energie ...

Manifestation
Der Gedanken.

Mit festem Blick ...
Mit Stärke
Und offenen Sinnen, –
Mit Selbstbewusstsein –
In Deiner Mitte –
Deiner Persönlichkeit –

Deine Aura,
Umgeben von Lichtfunken ...

Und Du wirst
Jeden Kampf
des Lebens
Gewinnen ...

Krieger der Liebe,
Des Lichts ...

In mancher Nacht

In mancher Nacht such'
ich nach dir -

In mancher Nacht vermiss
ich dich so sehr -

In mancher Nacht
beim mystischen Schein,
holt mich der Mond
zu einem Stelldichein.

In mancher Nacht
ruft er mit süßestem Mund,
seine Gehilfen, die Sterne,
zur späten Stund'.

Er stimmt seine Geige,
ganz sacht, entlockt ihr
die lieblichsten Töne,
Die Melodie der Nacht

Noch trunken,
am Morgen erwacht,
hör ich noch immer
Die Melodie der Nacht.

Meine Liebe!

Ohne dich wäre ich
Sehr allein.
Mit dir,
du, meine Liebe,
mit dir gelingt mir alles.

Meine Liebe,

mit dir sehe ich den Himmel.
Ich hab dich gefunden,
meine Liebe, ich möchte dich nie
wieder verlieren - Nie mehr...

Meine Liebe,

wo du bist, gehe ich.
Ich wandle durch Raum und Zeit...
über den Regenbogen,
bis hin zu den Sternen ...
noch höher ...
wenn es so etwas überhaupt gibt...

Meine Liebe,

hab' dich nur einmal gesehen...
doch es ist,
als ob wir uns schon ewig kennen...

Meine Liebe,

egal, was kommt...
uns kann nichts erschüttern...

meine Liebe ...
nichts kann uns je trennen...

Meine Liebe,

wir schreiben uns
von der großen Liebe,
von einer Liebe, die
größer ist als die Welt
zusammen.

Meine Liebe,

was kann es Größeres geben
als unsere Liebe.
wenn ich dich verliere...
bricht für mich
der Himmel zusammen ...
es würde grausam sein...

Verloren

Verloren –
Im Rausch der Sinne –
Versunken
In Deinen Worten …

Im Meer des Taumels,
Der Gefühle,
Im Strom der Wärme,
Die von Deinem Herzen
Zu mir schwingt …

Verloren –
Im Farbenreigen
Des Regenbogens:
Mal bunt, mal rosarot,
Blau und grün – türkis.

Im Sternenschweif,
Der am Himmel
Kreisend
Seine Bahnen zieht …

In leichten Wolken,
Die wie Fetzen
Auseinander ziehen
Und dann –
Wieder zu sich finden …

Im süßen Schmerz,
Im Klang des Herzens,
Im Blut,
Das durch die Adern
fließt ...

Verzaubert
Es die Sinne,
In Glut, im Feuer
Verloren, an dich ...

Ruhepol

Du bist mein
Ruhepol –
Bei den bewegten Stürmen –
Des Lebens ...

Der mich
Schaukelt und belebt,
Wenn ich müde bin ...
Der mich auffängt,
Wenn mir schwindlig ist –
Dass ich nicht falle ...

Auch, wenn Du mich –
Zum Weinen bringst,
Wenn ich vergeblich
Auf dich warte ...
Wenn –
Missverständnisse
Uns trennen ...

Du bist mein
Ruhepol. –
Weil ich
Bei dir
Den grauen –
Alltag vergesse ...

Du bist –
Wie eine Sucht,
Ich vermisse Dich,
Wenn Du
Nur einen Tag –
Nicht bei mir bist …

Du bist
Mein Ruhepol.

Sehnsucht

Sehnsucht,
oh, Sehnsucht
nach der Liebe,
einzig Wort,
nach Sonne,
Meer und Wind.

Du fliegst mit
meinen Träumen
dahin an jenen Ort,
wo dieses sich vereint.

Du schmeichelst
meiner Seele,
Körper und auch Geist,
ich könnte tanzen, singen
und noch mehr.

Komm, Sehnsucht,
weiche -
und erfülle
Dich.

Herzensmelodie

Liebe – Unbeschreiblich,
Wie die Rosendüfte –
Du, süß
Gefühlter Schmerz …

Malst Bilder - Symphonien
Kunterbunter
Farben …

Stürzt mich
In Wirbelstürme …
So fegst Du –

Durch –
Mein Leben
Durchflutest
Meine Seele …

Stürzt mich –
In tiefe Meere –
Tiefe Bäche …

In magisch –
Mystisches Gefilde …
In Abertausend Ebenen
Wehst Du –
Durch alle Welten
Licht – Und strahlend hell –
Auf Deinem –
Lebenskarussell …

Bist Heiler – Einzigartig –
Zauberst in die Herzen
Den zarten
Bittersüßen Schmerz ...

Berauschend –
Deine Komposition
Der allerschönsten
Herzensmelodie ...

Gedankenperlen

„Ich laufe so gerne im sanften Regen
an einem Sommertag, so leicht."

„Beginne den Tag mit einem sonnigen Gedanken, -
Und es begleiten dich viele weitere, den ganzen Tag."

„Menschen sind die kompliziertesten Kreaturen,
sie machen aus einem Hügel einen hohen Berg.
Wenn sie die Einstellung und die Unbeschwertheit
der Tiere besäßen, wäre die Welt ein Paradies."

„Der Mensch bringt sich selbst dahin -
und macht seine Gefühle so, wie er sie handhabt …
doch es ist in Ordnung …
Denn Gefühle bestehen nicht nur aus - EINEM – Gefühl …
So ist die Schule des Lernens und Reifens …
Unangenehme Gefühle sind das Gegengewicht dazu,
auch die schönen zu spüren."

„Würden die Menschen nach den Regeln Gottes leben,
des Glaubens und der Liebe,
bräuchte man keine menschlichen Gesetze …
Keine Folter und Gefängnisse,
Dann lebte man im reinen Sein."

„Was nützt es,
sich hinter Masken zu verstecken …
Ein anderer zu sein.
Es wird niemals gelingen."

„Es ist besser,
Kinder mit Diplomatie und Liebe
zu Lebenskünstlern zu erziehen,
anstatt sie in höhere Schule zu zwingen.
Denn die Qualität von einem Lebenskünstler
führt zum Eifer der Leichtigkeit …
Und sie finden ihr Ziel."

Seelenbilder

Fliegen

Komm, lass mich fliegen!
Aufsteigen, in die Lüfte –
Über den Wolken
In Freiheit schweben ...

Frei wie ein Vogel
Durch Raum - und Zeit –

Über Berge ...
Meere ...
Seen ...

Komm, lass mich fliegen!
Gebauschtes Gebilde
Der Illusion –

Von Bildern – bewohnt
Geformte Vision –
Am Firmament –

Bring mich ans Ziel
Meiner Wünsche,
Komm, lass mich fliegen ...

Beweg deine Flügel,
Bring mich,
Wohin ich will,
Schnell - und sicher
An mein Ziel ...

Ruf hervor
Mein Glücksgefühl!

Tanz in den Lüften
Machst mich frei –
Machst mich froh –
Komm, lass mich fliegen ...

Spektakel

Die Seele –
Braucht kein Kleid –
Wenn – sie –
Die Liebe trifft ...

Oktaven –
Sanfter Klänge –
Ein Hauch aus
Sternenstaub ...

Ins Firmament
Gepinselt –

Gemalte Farbe
Fließend – schimmernd –
Durch den
Regenbogen ...

Spektakel – Spritzer –
Pastell
Ins Blau – Gewirbel

Eines verregneten
Sommertags ...

Das sich –
Am Himmel zeigt
In einem Rausch
Der Herzen ...

Poetisch – angehaucht –
Die Seele –
Braucht kein Kleid …

Gedankenperlen

Ketten,
In Schlangen gereiht,
Tropfende Elemente ...

Gedanken – Schnüre – Gefühle –
Auslösende Explosionen.

Ein Rausch Endorphine ...
Purzelndes Gebilde,
Achterbahn gleich ...

Begegnungen –
Mal grau, mal schwarz

Tränen versunken –
In Bächen ...

Bunt schillernd,
Ein Feuerwerk,
Beglückend zartes
Wolkengeflecht ...

Gedanken –
Steuern zum Ziel,
Zum Handeln –

In Illusion –
Visionen
Und Träumen –
Endlos – lang –
Gedankenperlen ...

I'm going my way

I'm going my way -
Und nichts hält mich auf ...

Ich geh' meinen Weg –
Und hole mir
Mein Sternenmeer.

Mit großem Lächeln
Geh' ich –
Über den Regenbogen,
Zur siebenten Ebene ...

Ich geh' meinen Weg,
Schau nach vorne –
Und nicht zurück.

Such' meine Spiegel
Verwandten Seelen –
Folge
Der goldenen Sonne ...

Egal, wer was sagt –
Ich geh' meinen Weg –
Stell' mich
Dem Feuer – und dem Regen.

Mit Spirit – Und Energie –
Geh' ich meinen Weg
Der Straße des Ruhmes
Mit Liebe entgegen ...

Hoch hinauf –
Zur siebenten Ebene –
Vorbei am Mond –
Und den Planeten.

Nichts hält mich auf –
I'm going my way …

Zeit

Gedankenreihen,
Abertausende –
In klaren Gefäßen der Welt –
Den Krug –
Mit Gefühlen befüllt ...

Aufgefangene Sekunden,
Wie winzige Tropfen
Goldener Körner,
Im Glas der Zeit –

Mit leichten Flügeln –
Doch kraftvollen
Schwingen des Adlers –
Fliegt sie dahin, die Zeit –

Im Alltag verwebt,
Mal bunt gereiht,
Dann wieder beschwerlich –
Der Weg der Zeit.

Kostbar –
Von Anbeginn
Des ersten Atems –
Beim ersten Schrei –
Die Zeit beginnt ...

Geboren als Künstler
Des Geschehens,
Ewiges Jahrhundert
Verbleibt ...

Von Menschen Hand –
In Raum und Zeit –
In Worten,
In Büchern verbannt –

Erhalten –
Der Nachweis –
Das uralte Märchen
Der ewigen Zeit ...

Welt aus Glas

Geschmeidig bewegst Du Dich
durch die Welt aus Glas …

Durchsichtig - geschickt und klug
gehst du wie in Trance …
Durch die Welt aus Glas.
Öffnest Türen,
Stück für Stück.

Mit glasklarem Blick …
Gehst Du durch die Welt aus Glas –
Begegnest
Panther – Intelligenzen – aller Art …

Energiegeladen gehst Du
durch die Welt aus Glas –
entdeckst Wesen und Giganten,
Gehst weiter …
Durch die Welt aus Glas –

Bald hast Du sie erreicht –
die größte Tür der Welt …
wo die erfüllten Träume warten –
Hinter der Tür aus Glas …

Seelenbilder

Entsplittere Dein Denken –
Dein Herz –
Deine Seele ...

Siehst Du –
Die grauen Schleier –
Wie sie entfliehen –
Wie Wolkenfetzen
Vor Deinen Augen
Weggezogen –

Siehst Du –
Wie die Schleier
Sich lichten ...

Die Seele befreit –
Das Denken entrümpelt ...

Dein Herz –beflügelt –
In des Regenbogen Farben –

Die Adern – die Zellen
Erleuchtet ...
Klar wie ein Quell
Des schillernden
Bergkristalls ...

Alles atmet
Erleichtert
Und fließt –
Spürst Du das Leben –
Der Seelenbilder?

Der Baum

Der Baum des Lebens,
So steht er da,
Stark verwurzelt,
Mit des Menschen Seele …
Von Anbeginn –

Mystisch raunend,
Mit Fantasie …
Erzählt er Dir
vom Buch
des Lebens …
Von Elfen
und von Feen.

Der Baum des Lebens,
Überall
Ist er zu Hause.

Verwandelt sich,
Mal mit Blüten,
Zart und bunt.
Dann grün,
Mit Früchten nährend,
Der Baum …

Selbst der Liebe
ist er zugetan …

Erfreut er sich doch
Der Ewigkeit erhalten –
Stummer Zeuge –
Dein Begleiter –
Der Baum des Lebens ...

Vision

Komm mit –
Ins Land
Der Imagination,
Entwickle Deine Vision
Von Leben …

Träume
Von Erfolg und Freude
Tanze Tango und Flamenco,
In Dur und in Moll …
Ausgelassen – feurig,
Freudig und froh …

Spüre, lebe,
Hänge die schillernden Schleier
Vor Dein Fenster
Der bunten Vision …

Schmettere Dein Lachen
Hinaus in die Welt,
Schwebe leicht wie eine Feder.
Hör die Klänge,
Von allem, was ist.

Was Du willst,
Es wird wahr …

Hör auf Dein Herz –
Es schlägt den Takt,
Stark – mit Lust und Schwung.
Singt einen Hauch
Von Leben
In Deiner Vision ...

Wie im Zauber,
Holst Du es
Ins Leben ...

Gehe hinein –
Mit Überzeugung,
Bis zum Grund
Deiner Seele ...

Durchschaue
Die Bilder...
Deines Lebens –

Manifestiere –
Deine Vision ...

Gedankenperlen

„Ich laufe so gerne im sanften Regen
an einem Sommertag, so leicht."

„Beginne den Tag mit einem sonnigen Gedanken, -
Und es begleiten dich viele weitere, den ganzen Tag."

Von der Natur ...

HÖRST DU?

Hörst Du
Den Vogelgesang,
Wie alles lebt,
Sich bewegt?

Hörst Du
Das Summen
Des ewigen Lebens?
Spürst Du das Flattern
Des Flügelschlags?

Spürst Du die Luft,
Blau, farbig, klar,
In Orange
Des Sonnenlichts getaucht?

Das Flirren des Asphalts,
Der wie in einer Seifenblase
schwebt?
Er lebt ...

Siehst Du das Strahlen
Der Augen,
Wie ein Funken
Der Sonne eingewebt?

Das Gefieder der Vögel,
Der Schlange,
Die sich häutet?
Jedes Lebewesen
Macht sich bereit
für ein neues Kleid ...

Die Erde lebt.
Hörst du das –
Erwachen?

Frühjahrswärme

Aus der Kälte
Schnee und Eis
Erweckt der erste Sonnenstrahl
Aus seinem Winterschlafe
Mensch und Tier,
die Welt.

Die Pflanzenwelt erwacht
Zu neuem Leben.
Zart,
In schönsten Farben.

Düfte
Kreisen durch die Luft,
Schleichen in die Herzen ...

Verweht –
Im milden Frühlingswind –
Fliegen bunte Blüten.

Glücksgefühle
öffnen ihre Schleusen.
Regentropfen,
Prisma für die Sonne

Der Tanz eröffnet –
Bildet sich ein Reigen,
Bogen bunter Farben ...

Lied des ersten Sonnenstrahls,
Jubilieren
aus der Frühjahrswärme ...

Apfelbaum - Traum

Ich sitze verträumt
Unter dem Blüten
beladenen Baum.

So lieblich die Farben,
Es ist wie ein Traum
In rosa – und weiß.

Romantische Bilder
Und Düfte –
So süß …

Seit ewig Gedenken,
Uralter Zeit
Der Welt erhalten

Im schönsten Kleid …
Schon immer geschriebene
Herzen im Baum
Symbol einer Liebe …

Apfelbaum – Traum

Pfingstrose

Du öffnest dich –
In prächtigsten Farben –
Goldener Sonnenstrahlen …

Du schönste –
Aller Blumen
In großen, bunten
Blütenkelchen …

Du Rose
Meiner Träume –
Im Herzen
Versinkst Du –
In Gefühlen …

Eingetaucht –
In allen Sinnen –
Betörend
Süßer Duft …

Auferstanden –
Im frischen
Morgentau
Am schönsten Tage –
Erhieltst du
Deinen Namen …

Du Wunderschöne
Rose …

Sommersymphonie

Verführend – streichelnd – zärtlich –
Küsst er mich –
Der erste Sonnenstrahl ...

Verflogen –
Sind die düsteren Schatten
Kalter Tage –

Die Vögel zelebrieren –
Das Lied
Der goldnen Sonne –

Versammeln sich in Scharen –
Und malen ihre Muster –
Ins blaue Firmament ...

Amor, der Temperamente –
Heißer Sommertraum –
In Azur gehüllt –

Spielt er –
In schönsten Tönen
Den Zauber –
Einer Sommersymphonie

Schmetterlinge

Mit zarten, leichten
Flügelschwingen
Flattern oder schweben
Sie – so frei …

Schillernd und unbeschwert,
Erheitert fröhlich – lieblich –
Tanzen sie
Mit weiten Flügeln
Über duftenden Blüten
Durch golden
Schöne Zeiten …

Einmalig bunt -
Und so schön!

Als Schmetterling
Entschlüpfen sie
Im Wandel
Der Gezeiten –
Um aufzusteigen
Zur Empore –
In unbekannte Weiten …

Schmetterlinge,
So streben sie
Ins strahlend
Helle Licht
Bei klarer
Blauer Luft …

Rosenblütenduft

Lass mich fühlen –
Wie die Rosenblüten –
Wie die Liebe –
Schwer verhangen …

Voll von süßem Duft
Schwebt er durch Raum
und Zeit –
Durchs Tor der Seele –
Durch die Luft …

Gefühle – wie der Klang
Von Engelsharfen,
Fliegt mein Ich
Hinauf zum Regenbogen –

So wie die Melodie
Des Herzens …
Zart wie Elises Symphonie –
Gläsern wie Gedankenwellen –
Bilden sich zu schillernden
Novellen …

Chamäleon

Du, Chamäleon,
Das sich wandelt
Mit weit schauendem Blick –
In seiner Farbenpracht ...

Prächtig, in blau –
Und in grün –
In Regenbogenfarben,
Durchleuchtest Du
Mit großen Augen
Sehend –
Erkennst du die Welt ...

Botschaft von Göttern
Im dritten Auge –
Du Seher ...

So bezaubernd –
Im Äußeren,
Bleibst Du im Inneren
Dir treu ...

Magisch – ziehst – Du –
Die Augen auf Dich
Oh, Chamäleon ...

Dir verfallen –
Deine Anbeter –
So rein – Deine Silhouette –
Und dein Sein –
Chamäleon ...

Angelcat

Mein Engelswesen –
Tapsend –
Schleichend –
Sanft – auf weichen,
kleinen Katzenpfoten …

Schwarz – samten
zarter Flaum,
ein Klacks von weiß
mit kleinen Engelsflügeln –
fällst du auf die Erde …

Mein geliebtes
Süßes Katzenwesen …
Angelcat

Mit grünen,
Klugen Wechselaugen –
Mal rund,
Mal mandelförmig –
Je nach Laune –
Ist Dein süßer
Engelsblick …
Engelsgleich.

Erheiternd – schnurrend
Maunzend –
In vielen Sprachen …

Mit unsichtbaren Flügeln
bewegst du dich
Als Seelenwanderer –

In meinem Erdenleben,
Du geliebtes
Katzenwesen ...
Angelcat

Katzenaugen

Glühend feurig,
In Orange getaucht,
Getränktes Inferno
Der Liebe …

Das Werk vollbracht –
In Frieden
Versinkt der Feuerball
am Horizont.
Sehnsuchtsvoll angebetet
Von grünen Katzen Augen,
leuchtend wie Turmalin.

Die den Mond
Schon nahen sehen,
hinter Wolken blau schwarzer Nacht.
Eingestimmt
Im liebevollem Heulen …
Dem Dunkel
Dank bezeugend,
Das Ende
Des gelungenen Tages
Bestaunend …

Silbern scheinend
Kühl poetisch
Schiebt
Sich davor der Mond,
In dem
Ein Schatten
Eingezeichnet …

Mystisch
Und mit
Großen Mandelaugen
Schaut sie verträumt
Dem Seelenwanderer –

Den Geschwistern
Funkelnder Sterne –
Mit großen grünen
Katzenaugen …

Silbermond

Mond am Himmel, hell -

Erleuchtet, so fraulich,
Künstler, der Romantik Sinn;
Grell und doch so sanft,
erstaunlich; einzig sinnlich;
schmelz' ich dahin.

Kühl, doch warm, geheimnisvoll,
der volle Mond;
so dass ich streb', der Kräfte
Energie, auch Fantasie;
So wunderbar.

Dein Anblick strahlt im Dunkeln;
Kühle, doch auch Wärme.
Meine Träume rufst Du wach
In dunkler Nacht;

Sterne dein Begleiter,
so hell und voll dein Schein;
es braucht kein Stern,
nur Dunkelheit;
dein Kleid der Nacht.

Sternenreise

Welch wunderbare Pracht –
Schau ich …
Am klaren dunklen
Sternenhimmel –
In dieser stillen Nacht …

Übersät –
Mit silbernem Geschmeide …

Der Große Wagen –
Bereit,
Mich zu tragen
Überall hin …

Mein Herz tanzt
Seine eigene Melodie –
Schlägt es –
Seinen Takt …
Im Rhythmus –
Klingen Töne
Mal Rock, mal Soul –
Und mal im Walzertakt
Erreicht es
Meine Seele …

Eingerahmt
Von seinen Begleitern,
Dem Großen Bären –
Und all seinen
Sternenwesen –

Fährt er –
Gelassen freudig
Auf seiner Bahn dahin …
Ein Märchen,
Geballt mit Energie …

Funkelnde Sterne,
Fantastisch schönes Spiel …

Vorbei –
Über den Horizont –
Höher als die Wolken
Malt es Bilder …
Von Asteroiden –
Und Visionen …

Ausgetobt –
Mit Wunsch
Erfüllten Träumen
Dämmert
Schon der Morgen …

Sanft von Sternenstaub
Durchzogen –
Bringt er mich zurück
Von der bezaubernd
Schönen Sternenreise …

Die Nacht

Des Nebels
Graue Schleier;
In Milch gegossen
der Weg
in Schnee getaucht;

begleitet von der Stille
Dunkelheit;
Der Schrei der Eule,
die nach Weisheit schreit;
das Dunkel,
das die Nacht bezeugt.

„Gedanken", das Gespür;
nach Ewigkeit,
Geräusche flirren
durch die Nacht.
Vom Mond erleuchtet,
ist die Kraft.

„Die Augen schauen"
Sehnsuchtsvoll;
„Es ahnt der Morgen."

Traum

Mein süßer Traum;
Du tust so wohl,
Ich möchte dich immer träumen.

Du bist so warm wie Frühjahrswärme.
Wie bunte Blumen.
Wie Schmetterlinge, so farbenfroh.
So prächtig wie Seidengewänder,
so zart wie Samt und Seide.

Oh, Du hast so viele Seiten;
Man kann es kaum beschreiben.
Doch fühlen kann man es;
mit allen Sinnen.

Nordlichter

Du wundervolle Welt
Der Wunder –
Kühles Flair –
Vom Wind geküsst,
Gestreichelt ...

Wasserspritzer,
in denen sich
Sonnenstrahlen brechen ...

Giganten,
Die sich
Auf dem großen
Fluss der Alster
fortbewegen ...

Getragen –
Vom großen Strom
Des Lebens –
Buntes Treiben
Gemischter Rassen ...

Im Klang –
Der wirr vermischten
Klänge – Sphären –
Inszeniertes Amismo
Verlockung –
Durch –
Die Welt zu tanzen ...

Nacht beleuchtet –
Abertausend Lichter
Schweben übers Wasser –
Durch die Stadt
Lieblich süßes Monopol
Des Nordens ...

Flaschenpost

Ich übergebe
Meine Wünsche
Dem Meer ...

Von Wellen getragen ...
Um die Welt
Über die Erde ...
Ins Universum –
Das eines ist –
Mit allem, was ist –

Sie flüstern
Auf ihrer Reise ...
Kommt an –

Übers Meer
Uraltes Erbe ...
Das Er erschuf
Himmel und Erde ...

Mit Gedanken
Der Liebe ...
Mit dem Gefühl
Des Geschehens –
Kommt an ...

Ich übergebe
Meine Wünsche
Dem Meer ...

Schwimmt sanft
Mit den Wellen
Über den Ozean …

Schwebt
Über den Stürmen
Der brausenden Wellen …

Gleitet
An mächtigen Felsen
Und Klippen vorbei …

Voll Sehnsucht –
Und Glauben,
Sich zu erfüllen …

In einer Flasche –
Geborgen
Dem Geist –
Der durch Ihn spricht –
Durch Liebe
Und Licht …

Dein Wunsch –
Sei mir Befehl
Erfülle Dich …

Ich übergebe
Meine Wünsche
Dem Meer …

Weltenmeer

Wilder Ozean ...
Meine Post
Warfst du zurück.

Doch ich –
Beschwerte sie
Mit schwarzen
Kieselsteinen ...

Du trägst sie nun
Auf deinem Grunde
An seinen
Bestimmungsort ...

Trägst sie stürmisch –
Und doch sanft behütet fort
Von dem schwarzen Strand ...

Masca – Teneriffa

So muss das Paradies gewesen sein ...
Verträumt -
ruhst du zwischen schwarzen,
Moos bewachsenen Bergen –

Umrahmt von wilden -
exotisch
Schönen bunten Blumen ...
Von goldenen Sonnenstrahlen
Übergossen ...

So unberührt –
Geheimnisvoll für mich,
Dich zu entdecken ...

Wenn ich an Märchen glauben würde,
So würde ich meinen,
Dass Gnome, Elfen, Engel
Hinter Blumen, Büschen, Bäumen
Mystisch magisch -
sich verstecken ...

Selbst der Wind ist still -
Und hält den Atem an ...

Oh, - Masca Teneriffa!

Sonnenuntergang

Mein Blick –
Aufs Meer gerichtet
Fasziniert –
Über dieses Phänomen ...

Versunken – eingetaucht –
In diese
Wunderbaren Farben ...

Fast schwebend –
Langsam – sacht –
färbst Du die Welt ...

Zuerst – pastellfarben
Ganz zart –

Dann wirfst Du Dein Licht
Als großer Ball –
In rosa und – orange –

Ein Feuerwerk –
Gewaltig ...
In purpur –
Rot – verbrennend...

Der wilde
Ozeanriese -
Erwartend –
Ergibt er sich –
Den warmen
Goldnen Strahlen ...

Ein letzter Tanz –
Vor freudigen Fontänen –

Ein letztes Gleißen –
Goldner Funken ...

Stille –
Auf tiefstem Meeresgrund.

Vulkan

Noch friedlich
Auf den schwarzen
Bergen schlummert
Der Vulkan ...

Es brodelt dumpf,
Geheimnisvoll, gewaltig.

Gestört in seinem Schlaf –
Steigt tobend
Glut empor,
Aus seinem Krater ...

Brüllend, donnernd
Überquellend –
Bahnt sich
Die breite Straße ...

Glühend heiße Lava
Verschlingt jeden Tropfen,
Jeden Stein, jedes Lebewesen,
Mit seinen Feuerkrallen –
Vernichtet,
Was ihm nahe kommt.

Ausgetobt,
Eiskalte Masse
Als stummer Zeuge ...
Steht er nun täuschend
Friedlich still. –
Der Vulkan ...

Schwarze Insel

Schwarze Insel,
Wie gemalt –
Herrlich –
Mächtig ...

Einst walzte mit Getöse
Eine Feuerwelle
Alles nieder ...

Dein Vulkan
Versenkte seine Glut –
Erstarrt –
Zu schwarzen
Felsenbergen ...

Welch Gebilde –
Ragt gigantisch
Aus dem Meere ...

Platziert – vom Schöpfer,
Unter seiner Führung –
Entstandest
Du dann neu ...

Dein Antlitz –
Gebaut – so passend –
Stufen über Stufen,
Lieblich –
Stein für Stein ...

Von Menschen Hand
Erstrahlst Du
Unter blauem Himmel,
Erweckt
Zu neuem Leben ...

So erstaunst Du
Viele Augen ...
Erwärmst Du
Jedes Herz.

Schickst Deine
Sonnenstrahlen,
Umrandet
Von wuchtig starken
Felsenmauern ...

Du Wunder –
Der Natur

Das schönste Märchen –
Steigt empor,
Glänzt unter –
Deiner heißen Sonne ...

Ausgeschöpft –
Mit Liebe –
Erfreutest Du
Des Menschen Tag ...

Auch noch am Abend,
Wenn Deine Sonne
Diesen Tag verlässt ...

Glutrot und in
Orange getaucht ...
Zum Abschied
sanft versinkt
In einem großen
Feuerball –

Fantastisch – schöne
Schwarze Insel ...

Santorin

Du, Traum einer Insel
Am tief blauen Meer ...

Verzaubert – Dein Anblick
Mein Herz

Erreicht –
In der Tiefe
Das Seelengemälde,
Erschaffen –
Aus Seiner Hand ...

Gelegen –
Von Bergen
Umrahmt ...

Gefüllte Strände
Mit schwarzem Sand –
Am Fuße
Des Kraters –
Der Ursprung
Des noch brodelnden
Vulkans ...

Wie Tupfer –
Am Hang –
Der weißen Gebäude
Gold umrandete
Kuppeln ...

Ein Märchen
Aus Tausend
Und einer Nacht,
Gemalte Natur.

Der Anblick –
Geschaffen
Für himmlische
Wesen –

Ein Hauch der Süße
Liegt in der Luft ...

Der Klang einer Glocke
Vom Winde gewiegt,
Schwingt über die Insel
Von Santorin ...

Indienzauber

Oh, Indienzauber ...
Begegnest
Mir in meinen
Spirituellen Träumen.

Im früheren Leben
Musst Du mein mystisch
Zauberhafter Ort
Gewesen sein ...

Ich seh' –
Das bunte Treiben
Vor meinem
Dritten Auge –
Stätte mit Palästen,
Weiß.
Und goldnen Kuppeln ...

Geschmückt
Mit bunten
Seidenschleiern, Blüten,
Betörend duftend,
Nach Jasmin –
Und Rosen ...

Erblicken meine braunen
Mandelaugen ...
Mystisch schönen
Indienzauber.

Basar ...
Aus farbenfrohen

Bunten Tüchern –
Und mit seidenen
Gewändern.
Sinnlich
Steigt dein süßer Duft –
Gepaart aus Kardamom,
Anis –
Und Honig …

Indienzauber,
Ein wahrer
Bilderreigen –

Sanft versinkt
Die Sonne, –
Wandelt
Sich zum Mond
Des Abendlandes …

Silbern – leuchtend
Sichel
Dunkler Nacht…

Entlocken – weinend
Schönste Töne –
Im Rhythmus
Der Tanz beginnt …

Wiegt mich –
In meine Träume –
Ein Hauch
Entsprungener
Indienzauber …

Sturm

Du gibst mir heute Möglichkeiten,
Ohne Strom und Licht
Zu Hause ...
Bei Tee und bei Kerzenschein –
Nun ein Gedicht zu schreiben,
Über Dich –

Während der große Mond
In mein Fenster scheint,
Höre ich Dein Brausen
Und Wüten ...

Gedanken werden herein geweht,
Ziehen an mir vorbei.
Über Gott,
Die Welt –
Und auch die
Liebe ...

Sturm, dir zur Lust
Wirbelst du Blätter auf,
Wehst bunte Hüte
Von so manchem Kopf,
Treibst manchen
Schabernack ...

Sturm, wirst niemals müde –
So stark und wütend
Rast Du
Durch die Welt ...
Entwurzelst Bäume
Mit deiner Kraft,

Wehst Ziegeln
Von so manchem Dach …

Doch wenn auch noch
So viel an Unheil
Wegen dir geschieht …
Du kannst ja
Nichts dafür –
Kannst es
Nicht steuern.

Sturm – wie seit
Ewigkeiten …
Bleibst du der
Welt erhalten …

Erdbeben

Zornig, donnernd, wütend,
Laut und tosend,
Reißt
Die Erde auf ...

Natur - Gewaltig –
Ist das Beben ...
Verschlingt –
In seinem Schlund

Alles –
Kurz –
Und klein...

Machtlos –
Und
Zerstörend –
Unerwartet, tückisch.

Hinterlässt es
Trauer ...
Tränen
Über
Tränen ...

Begräbt
Das Leben
Unter sich –
Wutentbrannt.

So sinnlos.

Wie die Kriege!

Ohnmächtig –
Macht uns
Das Erdbeben ...

Ein letzter Stein,
Dann Stille –

Menschen – Schreie –

Entsetzte Augen
Und –
Gebrochene Herzen
Lässt es zurück,
Das Erdbeben ...

Sternenblumen

Sternblumen –
Silber strahlend –
Ziehen sie ihre Bahnen ...

Blinkend stehen
Sie am Himmel –
In des Universums
Dunkler Nacht ...

Ein goldener Schweif der Waage –
Wird schillernd –
Durch die Milchstraße
Getragen ...

Tiefes Flüstern der Gestirne –
Betörend
Ist der Sternenklang –

Bilder fliegen um die Erde,
Bis die Sternenblumen
Dann versinken –
In den Meeren ...

TOR DER ZEIT

Durch das Tor der Zeit
Will ich gehen,
Wo Fabelwesen –
Noch ohne Mut –
Bestehen …

Wo Märchenzeiten
Mich begleiten –
Im Traum, so schön …

Das Große, Unmögliche
Verstehen.

In andere Dimensionen tauchen –
Mit Elfen und Feen …

Den Sternenstaub –
Verstäuben –
Auf die Erde verwehen –
Wo große Künstler
Hinter Fensterscheiben –
Tief in ihrer Fantasie –
Ihr Farbenspiel versprühen …

Darum gehe ich im Wandel
Der Zeit
Mit farbigen Träumen –
Mit Perlen – Zur Weisheit
Durchs Tor der Zeit …

Gedankenperlen

„Viele machen Dinge vom Äußeren abhängig ...
Aber das wahre Sehen - ist,
was aus der Tiefe der Seele kommt."

„Lasst Bilder in euch aufsteigen an grauen Tagen ...
Sie erwecken das Wohlgefühl ...
Die Fantasie - neue Wege zu entdecken."

Engelstränen

Engelstränen fallen auf die Erde,
Wie Gold durchtränkte Tropfen
Erreichen sie
Mit ihrem Schein
Die Menschen ...

Aufzuwecken – zu erinnern
An die Liebe,
An das Schöne ...

Engelstränen
Berühren auch
mein Herz –
Verwandeln
Meine Traurigkeit
In Freude –
Erlösen
von Blockaden.

Erweckte Bilder
Dieser Erde ...
Die wie Seifenblasen,
Diamanten,
Regenbogenfarben –
In die Meere stürzen.

Aufzufordern,
Los zu lassen –
Allen Kummer
Allen Schmerz ...

Entsteigen sie
In vielen
bunten Farben ...

Ein Lichtermeer.
Vor Freude
tanzt im frohen
Reigen ...

Helle Engelstöne
Hör ich rufen –

Leben!
Leben!
Leben ...

In gelösten
Engelstränen

Vita

Die Autorin Monika Schüler und Mutter zweier Kinder, die 1957 in Haßloch/Pfalz geboren ist, hat sich seit einigen Jahren intensiv dem Schreiben zugewandt.

Erste Veröffentlichungen ihrer Texte gab es bereits seit 2006 in verschiedenen Anthologien.

Dies ist ihr erstes Buch, in das durch die Ausbildung zur Reikilehrerin und Thetahealing auch ihre eigenen besonderen spirituellen Erfahrungen mit hinein fließen: Texte aus der Seele ...